KB140389

웃지 말라니까 글쎄

이종문 시선집

시인동네 시인선

이종문 시선집

웃지 말라니까 글쎄

시인동네

시인의 말

  그동안 간행했던 시집 속의 작품 중 일부를 가려, 집 위에다 다시 집을 짓는 쓸데없는 일을 벌이고 말았다. 원래 작품에서 행과 연을 바꾸거나 약간 수정한 것도 있으므로 혹시 인용할 필요가 있다면 이 책의 것을 취해주기 바란다. 시조(時調)의 정형미학을 바탕에 깔고 웃음과 눈물이 뜨겁게 뒤범벅된 찡한 시들을 써보고 싶었는데, 꿈만 가당찮게 높았던 것 같다.

  2020년 1월 영무헌(迎舞軒)에서
  이종문

차례

시인의 말

제1부 저녁밥 찾는 소리

밥 · 17

매화꽃, 떨어져서 · 18

만추(晩秋) · 20

하산(下山) · 21

입적(入寂) · 22

봄 · 24

하늘 · 25

한라산 철쭉 · 26

그 문(門) 앞 · 28

반란 · 29

봄날 · 30

일 없는 날 · 32

큰 일 · 33

그리고 낙엽이 지고 · 34

무슨 일이 있것노? · 36

물그림자 · 37

그 죄 · 38

저녁밥 찾는 소리 · 39

오동꽃 · 40

인력(引力) · 42

입동(立冬) · 43

바람 · 44

석상(石像)의 노래 · 46

꽃 · 48

제2부 봄날도 환한 봄날

봄날도 환한 봄날 · 51

눈 · 52

열반 · 54

윤씨농방 안주인 · 55

소풍 · 56

어은동(魚隱洞) · 58

번개 · 59

섬 · 60

황소 · 62

시인 · 63

그런 가을 · 64

밥 · 65

기차 · 66

고요 · 68

성냥개비 · 69

어처구니 · 70

돌이 하나 들어가서 · 71

수정사 쇠북소리 · 72

편지 · 73

이런 봄날, 수양버들 · 74

죄라도 좀 지어볼까 · 76

손 · 78

제3부 정말 꿈틀, 하지 뭐니

고요 · 81

수박 · 82

효자가 될라 카머 · 83

아지매 김끝남 씨 · 84

왈츠 · 85

겨드랑이 털이 알지 · 86

봄날 · 88

밥 도 · 89

밥 · 90

김꽁치를 생각함 · 92

근황(近況) · 93

돌중이나 되었다면 · 94

수박 · 96

만추 · 97

그 배를 생각함 · 98

시법(詩法) · 100

대낮 · 101

민들레꽃 · 102

아내의 독립 선언 · 104

정말 꿈틀, 하지 뭐니 · 105

소 · 106

산 · 107

발로 꺼서 미안하다 · 108

피고, 지다. · 110

어떤 폐기처분 · 112

제4부 묵 값은 내가 낼게

이거 정말 큰일이야 · 115

묵 값은 내가 낼게 · 116

나의 이력서 · 118

봄날 · 120

폐가 · 122

젠장 · 123

꼭 껴안아 주지 그래 · 124

내 인끼가 최골긴데 · 126

사람이다 아이가 · 127

그냥 한강 · 128

살구꽃 환한 봄날 · 129

수박을 노크할 때 · 130

숟가락 키스 · 131

저녁놀 다비(茶毘) · 132

대체 이게 누구야 · 134

영천 임고 복숭아 · 136

낙엽 · 137

아무리 우겨 봐도 · 138

미쳤다고 부처주나 · 140

시인의 얼굴 · 141

오호 잘 가게나 친구 · 142

유턴 · 144

묵 한 그릇 하러 오소 · 146

막내딸이 서 있었다 · 148

제5부 아버지가 서 계시네

이럴 때는 우는 기다 · 151

새로 부르는 서동 노래 · 152

깨가 쏟아지게 살게 · 153

계엄군을 투입하라 · 154

저만치 · 156

눈이라도 감고 죽게 · 157

킬링트리(Killing tree) · 158

숨을 쉰다는 것 · 160

산의 품에 폭 안겼다 · 161

봄날 · 162

니가 와그카노 니가? · 164

느낌표를 찍을 일이 · 165

무심코 · 166

아예 중이 됐지 뭐야 · 167

아버지가 서 계시네 · 168

깨고 나니 의자 위데 · 170

우주의 중심 · 171

야호 · 172

웃지 말라니까 글쎄 · 174

그 나무가 자살했다 · 175

하관(下棺) · 176

하늘 · 178

제6부 그때 생각나서 웃네

그때 생각나서 웃네 · 181

……나는……, 가께 …… · 182

뻐꾹 뻐꾹 운다지만 · 184

모기 · 185

봄날 · 186

참 단란한 오후 한때 · 188

눈 떠보면 꿈이야 · 189

당신 · 190

느그 엄마 안 죽었다 · 192

숟가락은 속도 좋다 · 194

일획(一劃) · 195

둥근달을 함께 보면 · 196

계란을 깰 때마다 · 197

난리가 났답니다 · 198

백로 · 199

가을밤 · 200

대못 · 202

좀 편하게 자야겠다 · 203

말복 · 204

여자가 되어 봤다 · 205

이제는 아는 사이 · 206

합장으로 묻어줄게 · 207

달밤 · 208

우리 동네 호박넝쿨 · 209

이제 곧 퇴임 하면 · 210

시인의 산문
그러므로 지금 나는 가슴이 뛴다 · 211

제1부
저녁밥 찾는 소리

밥

밥아

지금 내 입에

들어가고 있는 밥아

들어가서 마누라를 더 힘차게 때려주고

쿰쿰한 냄새가 나는

똥이 되어버릴

밥아!

매화꽃, 떨어져서

다
저문
강 마을에
매화
꽃,
떨어진다
그 꽃을 받들기 위해 이 강물이 달려가고
다음 질,
꽃 다칠세라
저 강물이 달려오고……

다
저문
강 마을에
매화
꽃,
떨어지고,
다 저문 강 마을에 매화꽃,

떨어져서,
강물이
강물을 이어
흘러가고
있었다

만추(晚秋)

흐르는

그 절 속에

한 스님이 살고 있어

이승에 왔던 흔적

남모르게 지우고 있고

지우는 그 한 스님도

지워지고

있느니……

하산(下山)

이 세상 모든 그리움 산 밑에 모여 산다

산으로 떠난 사람 산을 내려오는 것도

산 밑에 그리움들이 모여 살기 때문이다

오디 빛 어둠 속에 유자 빛 등불 걸린

창호지 저편에서 딸깍대는 수저 소리

그 소리 들리는 사립, 기대서는 것이다

입적(入寂)

그 하도

무덥던 날에

난분(蘭盆)이나 갈자 할 때

지네 새끼 한 마리가 갑자기 툭, 튀어나와 난분 쥔 손을 탁 놓고 기절초풍하는 판에,

환장컷네, 지네 새끼 저도 기절초풍하여 엉겁결에 팔뚝 타고 겨드랑이 쑥 들어와 혈압이 팍 치솟것네, 혈압이 팍, 치솟것어, 헐레벌떡 윗통 터니 아래통에 내려가서 거기가 어디라고 거길 감히 들어오네. 너 죽고 나 죽자 이놈 **망**할 놈의 **지 네 새 끼**

....
....

　　　　　마당귀에 툭 떨어져 이리저리 숨는 놈을 딸딸이

들고 따라가 **타악,** 때렸더니,

윽-?.!, 하고 입적하셨네.

이것 참,

머쓱하네.

봄

둘이서

보던 꽃을

혼자서 바라본다

일시에 지는 꽃을, 오늘 하루 만에 죄다!

그중에 하나를 받아

바라보다

저무는

봄.

하늘

아아 저 거울 속에 죄가 다 얼비치네

얼라 궁디에 붙은 밥풀을 띠 묵은 죄

문디이 콧구멍 속의 마늘을 빼 묵은 죄……

머리카락 보일까봐 꽁꽁 숨겨뒀던 이 세상 온갖 죄들이 낱
낱이 다 들통 나는,

미치고 환장할 놈이 몇 놈쯤은 나올 하늘

한라산 철쭉

〈1〉

천둥이 바다를 때려도 울지 않던 항파두리

그날 붉은오름에 맨 마지막 놀이 탈 땐

울었다! 산도 들판도 짐승처럼 울었다.

〈2〉

붉은 피 퍼먹고 터져 저리 처절토록 곱고 살 냄새 뼈 냄새 삭아 향기조차 이리 슬픈, 저놈의 철쭉꽃 좀 봐 뒷골이 확 땅기겠네

저놈의 철쭉꽃 좀 봐 뒷골이 확 땅기겠네 산발한 머리카락을 지지지지 싸지르는 저놈의 철쭉꽃 좀 봐 뒷골이 확 땅기겠어

뒷골이 확 땡기겠네 저 지랄발광(發狂)의 불티!

---

*붉은오름: 한라산 1100고지에 있는 오름. 항파두리 성이 함락되자 삼별초의 맨 마지막 지휘자였던 김통정 장군이 최후까지 남은 70여 명의 부하와 함께 장렬하게 목을 매어 자살했던 곳임.

그 문(門) 앞

이 세상 모든 나뭇잎 죄다 떨어지고 마는,

이 눈물에 겨운 가을 종이비행기를 접어

그 가을 그 시를 실어 그 문 앞에 날린다

다시금 제자리로 돌아오고 마는 것을

종이배로 되접어서 개울물에 띄워본다

이 세상 모든 나뭇잎 죄다 떨어지는 날에

반란

난데없는 반란이다, 잽싸게도 피하는 못

망치는 허망하게 내 손톱을 내리찍고 시퍼런 피멍이 들어
피가 철철 흐른다

난데없는 반란이다, 못은 이번에도 슬쩍 대가리를 내미는
척 하다가는

거꾸로 튕겨 날아와 내 이마에 박힌닷!

봄날

봄날이다!

붉은 복사꽃 지천으로 떨어져서 그중에 죄 없는 놈은 극락
으로 날아가고

그 무슨 죄를 지은 놈

측간으로

처박히는,

봄날이다!

처녀 총각이 환호작약하는 봄날!

눈부신 꽃상여 한 채 꽃비 속을 뚫고 가고

곡성(哭聲)도 우련 붉어라*

못물 속에

얼비치는,

---

*우련 붉어라: 지훈(芝薰)의 시 「落花」의 일구(一句).

일 없는 날

일 없는 그 일 말고는 다시는 더 일없는 날

탱자나무 울타리의 달팽이를 손에 놓고

오른 뿔 눌러나 보랴, 왼 뿔을 또 눌러보랴

왼 뿔 누르는 순간 솟아나는 오른 뿔의

손에 닿지도 않은 그 촉감을 만져보랴

일 없는 그 일 말고는 다시는 더 일없는 날

큰일

일 없는 그 일 말고는 다시는 더 일 없는 날

   지척엔 갈 곳 없는 비 온 뒤 호박넝쿨 제 몸을 칭칭 감는데 드는 시간 재어 본다 넝쿨손 그 앞에다 내 손가락 세워놓고 감을까 안 감을까 먼 산을 보는 동안 넝쿨손 내 손을 감아 간지러워 못 살겠네 간지러워 못 살 일 생겨 일 없는 줄 몰랐더니 내 새끼손 칭칭 감아 이것 참 큰일 났네

   이것 참 큰일이 났네, 집에 못 가 큰일 났네

그리고 낙엽이 지고

지난봄 그 동자승(童子僧) 햇살을 쓸던 뜨락

제 옷자락 무게조차도 못 이기는 늙은 중이 저녁놀 절 밖을
향해 쓸어내고 있었다.

그러나 천산만산(千山萬山), 천근만근(千斤萬斤), 저저녁놀,
젖먹은힘, 젖먹은힘, 저저녁놀, 저저녁놀!

　　　　　그리고, ...

　　　　낙엽이 ....
　　　　　　　　　　　　　지　　　　　　　　　고
....
　　　.......................................

　　　　　그리고, ...
　　　　.......................... 눈이

내리고 ....
....

무슨 일이 있것노?

대흥사 부도밭에 꼬지래기* 쏟아진다.

서른세 채 사리탑에 불길이 솟구쳐서 눈부신 사리 알들이 요리 튀고 조리 튀고,

조리 튀고 요리 튀던 그날 먼 우레 속에 영롱한 무지개 한 채 하늘 끝에 걸리더니 송광사 조사당 앞에 불두화가 피고 있고,

불두화 지고 있던 바로 그 에지랑날*에 운주사 돌부처들이 으하하하 울고 있다.

지금쯤 파계사에는 무슨 일이 있것노?

---

*꼬지래기: 격렬하게 내리는 소낙비의 경상도 방언.
*에지랑날: 저녁 무렵을 가리키는 경상도 방언.

물그림자

물
그림자

물
그림자

곱게
익은

물
그림자

모래무지 꼬랑대기에 온종일 얼룽대는 이 가을 설움에 겨운 저 하늘빛 물그림자!

그 죄

그대

그 죄를 다,

다 어이 감당할래

엄청 눈물겹고 아프도록 부신 봄을

아 그냥 다 보내놓고

죄인 줄도

모른

그 죄

저녁밥 찾는 소리

실솔이, 저 실솔이, 저 실솔이, 울음소리

어느 날 일렬종대로 내 두개골 틈을 뚫고 무심코 들어왔다가 길을 잃고 우는 소리

미치겠네! 저 실솔이 골수에서 우는 소리

천방지축 흩어져서 이리저리 헤집으며 소올 솔 김이 오르는 저녁밥 찾는 소리

─────────

＊실솔이: 귀뚜라미.

오동꽃

다 저문
골기와 집에

오동꽃,

떨어지고,

다 저문
골기와 집에

오동꽃,

떨어져서,

다 저문
골기와 집에

오동꽃,

수북하다

인력(引力)

　내 그대를 사랑하면 그댈 패 죽이게 되고 아니면 그대가 나를 쳐 죽이게 된다 해도

　그래도 어쩔 수 없네, 이 기겁할 만유인력!

입동(立冬)

녹슨 굴렁쇠 하나 이리저리 구불리며 귀뚜라미 한 마리가 먼 산맥을 넘어와서

이 세상 가家가家호戶호戶를 다 헤매고 다니더니……

폐광촌 빈 아파트 열 길 벼랑 타고 올라 베란다 강아지풀, 그 옆에서 울고 있다

모처럼 마음 턱 놓고 목을 놓아 울고 있다

이박 삼일 동안 정식으로 날을 잡고 저무는 천지현황(天地玄黃) 가이없는 저녁놀을,

이 세상 울고 싶은 놈 다 따라와 울고 있다

바람

번
쩍
! ,

검은 하늘이 처음으로 째졌을 때 스무 살 처녀를 향해 짐승처럼 달려드는 미쳐도 제대로 미친 한 사내가 보였다.

번
쩍
! ,

검은 하늘이 다시금 째졌을 때 사내의 목을 껴안고 기를 쓰고 매달리는 미쳐도 제대로 미친 한 처녀가 보였다.

번
쩍
! ,

검은 하늘이 다시 한 번 째졌을 때 처녀의 검은 머리채 미친 듯이 흔들렸고, 삐거덕 문을

나서는 한 사내가 보였다.

　　마침내 모든 구름들 솜사탕이 되었는지 목 놓아 울고 싶도
록 시퍼런 저 하늘 밑,

　　진창에 처박혀 있다, 뿌리 뽑힌 수양버들!

석상(石像)의 노래

경주 박물관 뜰에 병신들이 모여 산다
미소를 돌로 찍었던 그 죄마저 감싸안고
아파도 들눕지 않는 돌부처가 모여 산다.

목 없는 돌부처 위에 숙연처럼 앉아 있는
풀무치 날개 끝에 장삼 빛 밤이 오면
천 년을 숨어 산 이의 가을 병이 도진다.

눈물나네, 눈물 나서 눈 뒤집힌 돌계집이
돌부처 코를 깨어 산약으로 다려 먹고
코 없는 돌부처 앞에 밤새도록 빌었다.

대대로 이 땅의 일을 손바닥에 올려놓고
봄을 봄 되게 했던 섭리의 손 잃고서도
보얗게 웃는 백모란 병보다도 아파라.

천 년을 하루같이 남의 머리 이고 서서
피도 통 안 도는데 그 숨인들 쉬었을까

산처럼 밀려온 놀을 어이 참고 견뎠노!

경주 박물관 뜰에 병신들이 모여 산다
말 못할 억하심정을 큰 바위로 눌러놓고
퍼붓는 비를 맞으며 돌부처가 모여 산다.

꽃

꽃이
고운 꽃이

환장하게
고운 꽃이

사람은
간데없는

무덤가
거기 피어

돌 위에
창자를 놓고

찢는 듯이
아파라!

제2부

봄날도 환한 봄날

봄날도 환한 봄날

봄날도 환한 봄날 자벌레 한 마리가

호연정(浩然亭) 대청마루를 자질하며 건너간다

우주의 넓이가 문득, 궁금했던 모양이다

봄날도 환한 봄날 자벌레 한 마리가

호연정(浩然亭) 대청마루를 자질하다 돌아온다

그런데 왜 돌아오나? 아마 다시 재나보다

눈

신축

공사장의

모닥불에 내리는 눈

그것이 불인 줄을 꿈에도 모른 채로

무심코 내린다는 게

그만 거기

내리는

눈

신축

공사장의

모닥불에 내리는 눈

그것이 불인 줄을 번연히 알면서도

어, 어, 어, 하는 사이에

피치 못해

내리는

눈

열반

삶은 돼지머리

삶은 돼지머리

양쪽 콧구멍에 시퍼런 돈을 꽂고 고사상 복판에 앉아 절을
넙죽 받고 있는,

월출산 월등사(月燈寺)에 이제 막 떠오르는 초승달 같은 눈
에 곧추선 속눈썹을 낱낱이 잡아당겨도 눈도 깜짝 하지 않는,

오오 저 염화시중(拈花示衆) 그 절묘한 미소 짓고, 자네 열반
이란 게 무언지 아느냐며

다시금 으하하하하하

웃고 있는

돼지머리

윤씨농방 안주인

읍내에 신장개업 한 윤씨농방 안주인이 엄청 미인이라 소문이 파다하여

오후에 버스 타고 가 구경하고 왔지롱

안주인은 소문보다 훨씬 더 절경(絶景)이라, 내일 모레 글피 쯤에 다시 가볼 생각인데,

그 누구 같이 갈 사람 요오, 요오 붙어라

소풍

하늘 아래 첫 동네의 도리탕 집 마루에서

암탉의 뒷다리 살을 물어뜯다 보았어요.

병아리 열두 마리가 봄 소풍을 가는 것을…

병아리 열두 마리가 봄 소풍을 가는 것을,

그것도 엄마도 없이 봄 소풍을 가는 것을,

암탉의 뒷다리 살을 물어뜯다… 보았어요.

암탉의 뒷다리 살을 물어뜯다… 보았어요.

병아리 열두 마리가 어느덧 자라나서

도리탕 국물 속으로 빠져들고 있는 것을…

어은동(魚隱洞)

숲속에 각시붕어가 살고 있는 어은동엔

대문이 하나도 없다, 아득한 예로부터

삐거덕 여닫는 소리, 각시가…… 놀랄까봐

이 마을 사람들은 보리를 베기 전날

들판에 나가 외친다, 내일 모레 보리 빈데이

노고지리 번지를 옮길 말미를 주는 거다

번개

내가 친 전보와 그녀가 친 전보가 그녀와 나를 향해 쏜살같
이 날아가다,

아득한 저 천공(天空)에서

따악!

맞닥뜨렸죠

섬

섬이
하나 있다

콩알보다 조금 작은,

몇몇 살던 이들 낱낱이 다 떠나가고 일흔둘 할머니 혼자 살
고 있는 작은 섬

집채만 한 파도들이 섬돌을 후려쳐도 그 파도 소리 속에 호
롱불 밝혀놓고 슬하에 흑염소 형제 자식처럼 키우는 섬

섬이여!

서른 해 뒤엔 흑염소 자식들과 집채만 한 파도 속에 호롱불
밝혀놓고 백두 살 할머니 혼자 살고 있을,

작

은섬

황소

시월도

삼십일일도

다 저문 저녁답에

시퍼런 파도를 덮친 온 천지간 저녁놀을

황소는 보고 있었다,

저 비몽사몽(非夢似夢)의

도취(陶醉)

그때, 한 사내가, 말없이, 다가와서, 망치로, 정수리를, 힘껏, 내리쳤다.

으으윽. 으아 으아악, 우뚝 솟은 네 개의 다리

시인

알고 보니 시인이란 게 개 코도 아니더군

시인 아무개가 찔레 밭에 엎어져서 가시가 온통 박혀 고슴 도치 되었는데 시인 서너 명이 다 달라붙어 봐도 조그만 가 시 하나도 뽑아내지 못했다네

아 글쎄, 시인이란 게 바늘 하나만도 못해!

그런 가을

아아, 꽃이 곱다, 그 한 마디 남겨놓고

그는 숨을 거뒀다, 장미꽃을 받아들고

그 붉은 향기에 취해 꽃다발을 품에 안고

꽃의 향기에 취해 한 생애를 마감하는

그런 사람들도 더러는 있는 나라,

그것이 신문에도 나는 아아, 그런 가을!

밥

밥을 삼켰어요, 흑, 흑, 우는 밥을, 어깨를, 들먹이며, 흐느껴, 우는 밥을, 내 입엔 들어가지 않으려고, 발버둥을, 치는, 밥을!

기차

철커덕, 철컥철컥, 기차가 지나가네

초등학교 동창생들 대처로 간 철길 위로

마흔 해 뒤의 기차가 철커덕, 철컥철컥,

철커덕, 철컥철컥, 기차가 지나가네

감꽃이 떨어지는, 주울 이 간데없는,

우물도 마른 마을로 철커덕, 철컥철컥,

철커덕, 철컥철컥, 기차가 지나가네

작년에 태어난 아이 단 하나도 없었다는

영양군 청기면으로 철커덕, 철컥철컥,

철커덕, 철컥철컥, 기차가 지나가네

예순 해 해로한 아내 꽃상여에 오르던 날

오늘은 누가 죽었소? 철커덕, 철컥철컥,

고요

아아
이 고요 속에

한 비구니
졸고 있고,

그 비구니
눈썹 위엔

잠자리가
졸고 있고,

극락의
녹슨 자물쇠

툭, 떨어져
내리고,

성냥개비

출정을 눈앞에 두고 쉬고 있는 병사처럼
조그만 성냥갑 속에 가지런히 누워 있는
귀여운 성냥개비를 밤새도록… 바라본다

그 가운덴 이마 맞댄 쌍둥이도 누워 있다
대가리를 탁, 때리면 곱빼기로 타올라서
이 세상 한 모퉁이를 눈부시게 밝혀놓을,

이 세상 한 모퉁이를 눈부시게 밝혀놓고,
외적의 칼날을 맞아 고름이 된 백혈구처럼
뜨겁게 전사할 날을 기다리는… 성냥개비

나도 다음 생(生)엔 성냥개비 돼야겠다
이왕이면 그녀와 맞댄 쌍둥이로 태어나서
갑(匣) 속에 나란히 누워 출정을 기다리는,

어처구니

온통

난장판인

어처구니없는 세상,

제일로 그중에도 어처구니없는 것은

지천명(知天命), 이 나이토록

어처구닐 모른

그 일.

---

*어처구니: 맷돌을 돌리는 손잡이. 손잡이가 없으면 맷돌을 돌릴 수가 없으므로 어처구니없는 사태가 발생함. 나는 이 말을 나이 오십에 경북 청도에 있는 이호우, 이영도 오누이 시인의 생가에 놓여 있는 맷돌 앞에서, 서정춘 선생에게 처음으로 배웠는데, 정말 어처구니가 없었음.

돌이 하나 들어가서

구두 뒤 굽 속에 돌이 하나 들어가서

딸그락, 딸깍대며 서울까지 따라왔네

경상도 돌멩이 하나 서울 돌이 되었네

구두 뒤 굽 속에 돌이 하나 들어가서

딸그락, 딸깍대며 대구까지 따라왔네

서울의 돌멩이 하나 경상도 돌 되었네

수정사 쇠북소리

수정사 큰 쇠북을 백여덟 번 칠 때까지 쇠북소린 골 안에 모여 풍선처럼 부풀다가 쇠북을 다 친 뒤에야 하산을 시작한 다

하도나 좁은 골을 한꺼번엔 못 내려가 수정같이 둥근 소리 기다랗게 휘어지며 간신히 몸을 비틀어 세상으로 내려간다

용문정(龍門亭) 목백일홍(木百日紅) 그 붉은 꽃에 취해 불콰 해진 쇠북소리 꽃가지를 흔들다가 저녁 해 서산에 질 때 탑 (塔) 마을에 닿는다

탑 마을 오일장을 두어 바퀴 둘러보고 퇴근하는 동산약국 김 약사의 귀를 감는,

수정사 먼 쇠북소리, 오늘 새벽 쇠북소리

편지

아무도 아니 오고 니만 오길 바랐건만

낱낱이 다 왔는데 니만 오지 않았구나

그러나 니가 안 와도 안 섭섭다 흑, 흑,

이런 봄날, 수양버들

봄날도 이런 봄날 머리칼을 새로 빗고

너울, 너울너울, 너울너울 너울대는

그녀를 보면 괜시리 마음이 이상해져

만약 그렇게 해도 죄가 되지 않는다면

살며시 뒤로 다가가 눈을 가려보고 싶어

아니야, 앞으로 다가가 머리를 묻고 싶어

설령 그렇게 하면 죄가 된다 할지라도

살며시 뒤로 다가가 누구게? 묻고 싶어

아니야, 앞으로 다가가 와알칵 안고 싶어

죄라도 좀 지어볼까

엄청

심심한 날

무지개 뜬 저녁답엔

수리못 도라지 밭에 팽팽하게 부풀어 오른

새하얀 꽃봉오리를

몰래 가서

만져

볼까

탱자나무 울타리 옆 더 더욱 더 탱탱 부푼

천(千)의

봉오리 중에

보랏빛 꽃도 골라

하·나·씩, 톡, 톡, 터, 뜨, 려,

죄라도 좀

지어

볼까

손

신문 투입구로 살그머니 들어오는 붉은 손톱이 달린 희고
도 차가운 손,

잡으면 기겁하겠지, 야쿠르트 아줌마!

제3부
정말 꿈틀, 하지 뭐니

고요

붉은

고추를 먹은

잠자리 한 마리가

억년 고인돌에 슬그머니 앉는 찰나

바위가 우지끈, 하고

부서질 듯

환한,

고요

수박

속살이

붉어지면

칼날이 들어올 줄

수박은 알고 있다, 그런데도 붉어진다

서늘한 옥쇄(玉碎)*의 쾌감!

칼은 모를

것이다

---

*옥쇄(玉碎): 신념을 위해 옥이 깨어지듯 아름답고 눈부시게 죽음.

효자가 될라 카머
―김선굉 시인의 말

아우야, 니가 만약 효자가 될라 카머

너거무이 볼 때마다 다짜고짜 안아뿌라

그라고 젖 만져뿌라, 그라머 효자 된다

너거무이 기겁하며 화를 벌컥 내실끼다

다 큰 기 와이카노, 미쳤나, 카실끼다

그래도 확 만져뿌라, 그라머 효자 된다

아지매 김끝남 씨

부고가 날아왔다, 아지매가 가셨다는,
지나가는 리어카에 그냥 투욱 받혔는데 여든 해 쉬던 숨결
을 멈췄다는 것이다

영안실 안내판을 찬찬히 살펴봐도 누가 아지맨지 도무지
모르겠다
상주의 이름을 보니 김끝남 씨인가 보다

아내에 맏며느리, 어머니에 아지매라
가슴에 단 한 번도 제 이름을 못 달다가 처음사 영안실에다
이름을 단 김끝남 씨.

살아 몰랐던 것 가시고사 겨우 알고 향불을 피워놓고 두 번
절을 하는 것을
아지매 김끝남 씨가 말없이…… 굽어본다

왈츠

엘피판 걸어놓고 왈츠라도 추나 보지, 천장 속 쥐 두 마리 쿵쿵 쾅쾅 야단이다

아니다, 신랑 신부가 사랑놀이 하는 갑다

보자, 보자 하니, 울화통이 그만 터져, 아 냅다 소리쳤다, 야, 거기 좀 조용해라

그래도 끄덕도 없다, 아예 지랄발광이다

말로는 안 될 놈들 밀대로다 된통 치니 쥐죽은 듯 고요하다, 그러나 쥐, 안 죽었다

봄 들자 아기 쥐 콩콩, 왈츠를 시작했다

겨드랑이 털이 알지

미풍사(昧風寺)

조실 스님께

한 시자가 물었지요

스님요

스님께선

바람 맛을 아시니껴?

알기는 내가 뭘 알어

겨드랑이

털이

>

알지

봄날

이 세상

천지간에

봄이 불쑥, 찾아와서

아닌 밤중 홍두깨로 박태기 꽃 울컥, 피고

어머니 흑, 흑, 우신다

가슴이

처 어 –ㄹ 렁,

한다

밥 도

　나이 쉰다섯에 과수가 된 하동댁이 남편을 산에 묻고 땅을
치며 돌아오니 여든둘 시어머니가 문에 섰다 하시는 말

밥

초파일, 작은 절집, 공양간 그 어귀에 긴 행렬 늘어섰네, 밥 한 그릇 먹을 행렬

그러나 밥은 동났네, 이것 참 큰일 났네

목말라 기절한 꽃 뿌리개로 물을 주면 생기가 삽시간에 온 몸으로 번지듯이

밥 먹고 못 먹고 따라 그 얼굴이 천양(天壤)이라

먹으면 부처님도 못 먹으면 중생이니 부처가 별게 아니라 밥이 바로 부처인데,

그 밥이 한 그릇 없어 부처되지 못하네

듣자 하니 달마대사가 동쪽으로 온 까닭도 식당과 화장실이 동쪽에 있기 때문,

부처ㄴ들 어쩌겠는가, 동쪽으로 와야지 뭐

김꽁치를 생각함

김꽁치가 생각난다, 말라서 비틀어진, 꽁대기는 간데없고 대가리 쪽 반만 남은,

청마(靑馬)의 문학관 앞에 눈을 뜬 채 나뒹굴던,

김꽁치가 생각난다, 툭툭 차며 놀다, 시(詩)가 될까 하여 비닐에 담아 왔던,

끝끝내 여의치 않아 내동댕이쳐버렸던,

김꽁치가 생각난다, 꽁대기 쪽 반만 남아 저녁 밥상 위에 얌전하게 누워 있던,

불현듯 시신이라도 맞춰 묻어주고 싶은,

----

*꽁치인들 어찌 성이 없겠는가. 김꽁치는 김씨 성을 가진 명문대가 출신의 꽁치인데, 통영에 있는 청마문학관 앞에서 정말 뜬금없이 그를 만났다.

근황(近況)

그래,

당좌(撞座)*에 앉은

한 쌍의 풀무치다

당목(撞木)**이 아찔하게 밀려오고 있는데도 머언 산 미친
놀에 취해 흘레붙은

저 풀무치.

---

*당목: 범종을 치는 거대한 나무 막대.
*당좌: 범종을 칠 때 당목이 닿는 자리.

돌중이나 되었다면

통도사 자장암엘 내 총각 때 왔더라면

그 당장 머리 깎고 돌중이나 되어서는

취서산 뭉게구름이나 바라보다 가고 말걸.

내 일찍 구름 보고 가부좌를 틀었다면

토끼 같은 마누라는 딴 남자와 연을 맺어

딴 살림 차려놓고서 딴 아이들 낳았겠고,

그 남자 그 토끼도 딴 남자와 연을 맺고

그 토끼 그 남자도 또 딴 살림 차려서는

이 세상 사람 연분이 연판 달라졌을 게고,

통도사 자장암엘 내 총각 때 찾아와서

그 당장 머리 깎고 돌중이나 되었다면

광화문 귀뚜라미도 딴 노래를 부를 것을…

수박

언제
날 선 칼이
뱃속으로 들어올지
수박은 알 수 없어 공포에 떨고 있다
속살이 붉을 때부터,
그냥 속수무책으로

그러나
난데없다
시퍼런 칼날 대신
정말 뜻밖에도 트럭에서 툭, 떨어져
온몸에 어혈이 들고
뇌수가
터진
수박!

만추

참
오랜
망설임 끝에
결단을 내렸는가

마로니에
잎새
하나

휘이청,

떨어지고

시소의 한쪽 어깨가
슬그머니
기운다

그 배*를 생각함

홍남 철수 때다
그 생지옥 같은 날에
정원 쉰아홉에 만 사천을 태운 배가
사흘 뒤 거제 항구에
무사히 가
닿았다

내릴 때 인원파악을
다시 해 보았더니
모두 만 사천 다섯, 다섯이 더 많았다 한다
그 사흘, 그 북새통 속,
햇빛을 본

목숨
다섯!

시법(詩法)

그 옛날 전우치가 밥알을 툭— 내뱉으면

낱낱이 나비 되어 천지간을 훨훨 날다

어여쁜 꽃 한 송이씩 고이 물어 올리듯,

아니면 지눌스님 가랑잎에 호(虎) 자를 써

훅— 불면 범이 되어 산적들을 죄 내쫓고

서늘한 가을 절 한 채 그 자리에 앉히듯,

대낮

소가 엉덩이의 쉬파리를 쫓으려고 꼬리를 휘두르며 마구 풀쩍 내닫다가,

아 냅다 뒷발질하며 희뜩 돌아보는,

대낮

민들레꽃

〈1〉

왕이 있었어요, 별들이 추대를 한, 그러나 단 한번밖에 명령을 할 수 없는, 명령을 내리고 나면 더 이상 왕이 아닌,

명령을 아니 내리면 왕이랄 것도 없는, 왕이 있었어요, 울화통이 터진 왕이 소리를 버럭 질렀어요, "별들아 다 떨어져라!"

별들이 왕창 떨어져 민들레꽃 되었죠.*

〈2〉

참 철없는 꽃이네요, 길인 줄도 모르고서, 보도블록 틈 사이에 민들레꽃 피었네요

대번에 구두 발굽에 밟힐 줄도 모르고

참 철없는 구두네요, 민들레도 모르고서, 무심코 밟고 갔다
무심코 밟고 와요

그것이 하늘나라의 별인 줄도 모르고

_____

*어디선가 읽었던 민들레꽃 탄생 설화.

아내의 독립 선언

아침 식탁에 오른 등 푸른 꽁치 중에 어느 한 마리를 내가 뜯기 시작하면 언제나 그놈을 함께 뜯어먹곤 하던 아내,

그 아내 오늘 돌연 독립을 선언했다

내가 한 놈을 골라 이미 뜯고 있는데도 그녀가 다른 한 놈을 골라잡은 것이다

정말 꿈틀, 하지 뭐니

작은 뱀보다도 큰 참 거대한 지렁이를 오솔길 걸어가다 무심코 밟았는데

무심코 밟았는데 글쎄,

정말 꿈틀,

하지

뭐니

소

소가

우두커니

마구간에 혼자 앉아

내리는 함박눈을 멍하니…… 쳐다본다

아침에 내리는 눈을,

아침도

아니

먹고,

산

풀 뜯는 소의 등을 어루만져 보고 싶듯,

어루만져 보고 싶다 되새김질 하는 산을,

때때로 고개를 들다 요령 소리 내는 산을

발로 꺼서 미안하다

7박 8일 동안 휴가를 보낸 뒤에 돌아오니 선풍기가 강풍으로 돌고 있다

발로다, 툭, 하고 끄니, 그제서야 멈춘다

아아, 그 긴 낮을, 그 칠흑 같은 밤을, 그 정말 무시무시한 고독 속에 돌아갔을,

가여운, 너 선풍기여, 발로 꺼서 미안하다

그러나 우리도 혹시 누군가가 발로다 켠, 그것도 강풍으로 켠 선풍기가 아닐까 몰라

켜놓고 우주 일주의 먼 여행을 떠나버린……

켜놓고 우주 일주의 먼 여행을 떠나버려 긴긴 날 긴긴 해를 미친 듯이 돌아가다

돌아와 발로 툭, 끄면 그제서야 멈춰서는

피고, 지다.

터질 듯

참고 있던

천(千)의 꽃망울들

혁명군 횃불처럼 D-day에 죄다 터져

천지간 구둣발 소리

둥, 둥, 둥, 둥

북소리

아아

바다에 처박힌

\>

대가리 큰 천둥처럼,

일망타진되어 참수를 당해버린

혁명군 그 선혈처럼,

그 외마디

비명처럼

어떤 폐기처분

그 무슨 켜켜이 쌓인 고생대 지층처럼
어느 연구실 앞에 버린 책이 수북하다
누군가 새봄을 맞아 대청소를 했나보다

왠지 쓸 만한 책이 내겐 있을 것도 같아
무심코 툭, 찼더니 무너지는 책 더미 속
작년에 김 교수가 낸 산문집이 보인다

그것 참 안 됐다 싶어 슬그머니 주워들고
다시금 발로 툭 차니 이번엔 시집인데,
'저녁밥 찾는 소리'다. 내 처녀시집 아아!

제4부
묵 값은 내가 낼게

이거 정말 큰일이야

저 높은 비행기구름, 그 하얀 철봉 잡고

우주를 한 서너 바퀴 아 냅다 빙빙 돌다

들입다 낮달 나라에 쿵— 뛰어내려 볼까

하지만 차마 도저히 그러지를 못하겠어

계수나무 그늘 아래 소꿉장난하던 토끼

놀라서 기절을 하면 이거 정말 큰일이야

묵 값은 내가 낼게

그해 가을 그 묵집에서 그 귀여운 여학생이
묵 그릇에 툭, 떨어진 느티나무 잎새 둘을
냠냠냠 씹어보는 양 시늉 짓다 말을 했네

저 만약 출세를 해 제 손으로 돈을 벌면
선생님 팔짱 끼고 경포대를 한 바퀴 돈 뒤
겸상해 마주 보면서…… 묵을 먹을 거예요

내 겨우 입을 벌려 아내에게 허락 받고
팔짱 낄 만반 준비 다 갖춘 지 오래인데
그녀는 졸업을 한 뒤 소식을 뚝, 끊고 있네

도대체 그 출세란 게 무언지는 모르지만
아무튼 그 출세를 아직도 못했나 보네
공연히 가슴이 아프네, 부디 빨리 출세하게

그런데, 여보게나, 경포대를 도는 일에
왜 하필 그 어려운 출세를 꼭 해야 하나

출세를 못해도 돌자, 묵 값은 내가 낼게

나의 이력서

초등학교 5학년 때
영화를 처음 봤다

초등학교 6학년 때
기차를 처음 탔고

중학교 졸업하던 날
짜장면을 첨 먹었다

고등학교 1학년 때
신호등을 처음 봤고

고등학교 2학년 때
전화를 첨 걸었다

대학교 입학하던 해
바나나를 첨 먹었다

하지만 연애 하나는
열한 살 때 이미 알아

임고서원 은행나무,
그 큰 나무 뒤에 숨어

'순애는 내 꺼다' 하고
몰래 썼다 지웠다

봄날

신매동
살고 있는
참 어여쁜 시인님이
지하철 2호선을 스무 정거장 타고 와서
칼국수 먹고 가라네
아 그것도
손칼국수

야호!

하고 외치며
뜀박질을 했다마는
목구멍이 포도청인데 근무이탈 할 수가 없어
배달 좀 해 달라 했네
스무 고개
넘어 와서

아 글쎄

그랬더니
그렇게는 못한다며
정말로 먹고 싶으면 사표 쓰고 오라고 하네

에라이 사표를 쓰자

작심했다

참는,

봄날

폐가

…… 실로 느닷없다, 목이 긴 장화 한 짝

거기가 어디라고 지붕 꼭대기에 올라

제 짝이 어디 있는지 찾고 있는 시늉이고,

…… 실로 어이없다, 또 다른 장화 한 짝

거기가 어디라고 우물 밑에 엎드린 채

제 짝이 찾아올까 봐 숨고 있는 시늉이다

젠장

이 세상 추악함을 죄다 덮어버리려는 혁명을 꿈꾸면서 눈이 펄펄 내리지만,

혁명이 지난 자리가 도로 엉망진창이다

아니야, 아니야 하며 다시 눈을 퍼붓는다

이번엔 아주 완벽한 혁명을 꿈꾸면서 엄청난 혁명군들을 이 지상에 투입한다

그러나 석 달 열흘 함박눈을 투입해도 혁명은 또 실패다 다시 함박눈이 오고……

혁명의 발바닥 밑이 엉망진창이군, 젠장

꼭 껴안아 주지 그래

살얼음
끼어 있는
어물전 좌판 구석
새 신랑
고등어가
새색시 고등어를
뒤로 꼭, 껴안고 누웠다
춥제 그자
춥제 그자

제 신랑
품에서도
옛 애인을 생각하는
색시야
이제 그만
뒤로 벌떡, 돌아누워
뜨겁게 느그 신랑을
꼭 껴안아

주지

그래

내 인끼가 최골낀데

아침에 식탁에서 뒤로 콰당 하시고서 오후에도 화장실서 난데없이 까무러쳐, 하루에 두 번씩이나 혼절하신 우리 엄마

119 구급차에 에옹에옹 실려 가서 응급실에 계신다는 천둥 같은 소식 듣고 며느리 아들딸들이 벼락같이 달려가니, 부스스 일어나신 우리 엄마 하시는 말, 웬쑤구나 웬쑤구나 안 죽어서 웬쑤구나

그마 마 확 죽어뿌머 내 인끼가 최골낀데

사람이다 아이가

올해 가을

강정(江亭)에는

저녁놀이 하도 고와

피리도 노을 구경 차

마실 밖을

나오는데,

여보게, 그래도 우리는

사람이다

아이가

그냥 한강
―두물머리에서

에서

만나는 순간

북한강과 남한강이

와락, 부둥켜안고 부둥켜안기더니

얼씨구 한강이 되네

얼싸 좋다

그냥

한강

살구꽃 환한 봄날

생각

같아서는

구두를 벗어 들고

다짜고짜 귀싸대기를 휘갈기고 싶은 놈과

웃으며 밥을 먹는다

살구꽃

환한

봄날

수박을 노크할 때

똑·똑

똑·똑·똑

수박을 노크할 때

수박이 도로 나를 똑·똑 노크하는 느낌

익었나?

똑·똑, 똑·똑·똑

아직

덜 익었군

그래

숟가락 키스

삼십 년 밥을 먹은 우리 공장 수저통에

숟가락 수백 개가 가지런히 꽂혀 있다

내 입에 서너 번씩은 들어가 본 수저다

고 귀여운 여직원의 입에 들락거리다가

아구통 날리고 싶은 그 입에도 들어갔던,

바로 그 수저를 들고 입에 밥을 넣는다

어라? 그러고 보니 우리 공장 직원들과

혓가락 간접키스를 낱낱이 다 했나 보다

아구통 날리고 싶은 그놈과도 말이다

저녁놀 다비(茶毘)

샐비어

불티 튀는

저 환장할 노을 속에

방아깨비 한 마리가 팔공산을 베고 누워

가야산 흰 구름 본다

허수아비

모자 위에.

　긴긴 뒷다릴랑 낙동강에 씻어내고 또 다른 다리 하나는 뜨
는 달을 뜨게 하고……

천지간 통쾌한 입적

불

들어간다,

만세!

대체 이게 누구야

홍 — 청, 술에 취해 술청을 나오는데
누가 내 어깨를 툭 치면서 말을 했네
"여보게, 이게 누구야, 대체 이게 누구야!"

그는 손뼉 치고 뜀박질을 하더니만
숫제 날 격렬하게 부둥켜안았지만
모르는 사람이었네, 어안이 다 벙벙했네

허나 정색을 하고 묻기도 좀 난감하여
술김에 나도 그만 덩달아서 소리쳤네
"누구야, 이게 누구야, 아니 이게 누구야?"

"이렇게 만났는데 그냥 헤어질 수 있나
이 사람 우리 예서 한잔만 더 하고 가세"
"그러세, 쌓인 이야기 다 풀어보세 우리"

급기야 남의 삶을 뜬금없이 물으면서
고주망태 다 되도록 술을 들이마셨으니,

그 사람 앞의 이 사람, 대체 이게 누구야?

영천 임고 복숭아

어제 아래 저 아래 전화통 속에서 서울로 간 처녀의 속사
포 따발총이 다·다·다 …… 다·다·다·다 쏟아졌지요

쌤예, 동대문 시장통에 '복숭아의 왕 영천 임고 복숭아'가
트럭이 지터지게 실렸는데예, 그 붉은 볼마다 쌤의 모습 어려
가슴이 울컥, 눈물 날라 캐서예, 쌤 모교 임고초등의 그 우람
한 숲에 앉아 쌤과 배 터지게 먹었던 '복숭아의 왕 영천 임고
복숭아' 한 상자를 서울에서 사서 속달로 붙이니께, 이왕이면
맛있게 드시고 당근 저 생각도 하시며 드이세

못 물따, 그 붉은 볼마다 그 처녀 얼굴이라 못 물따

낙엽

뛰어내리는 것도 물론 엄청 무섭지만 더 이상 버티기에는 팔이 너무나도 아파

두 눈을 질끈 감고서 잡은 손을 놓았어요

죽었다, 싶었는데 누가 받아 주더군요

이게 누구야 하고 살며시 눈을 뜨니 세상에, 땅이더군요, 땅이 받아 주더군요

땅의 모가지를 힘껏 껴안고서 엄마아~ 외치고선 긴긴 잠을 잤는데요,

아 나도 땅이더군요, 새잎 피워 올릴 땅!

아무리 우겨 봐도

공중목욕탕에서 목욕하는 사람들은

발목에 하나씩의 족쇄를 차고 있고

바로 그 족쇄 고리에 열쇠 하나 달렸다

그 열쇠 구멍 속을 가만히 들다보면

눈에 잘 뵈지 않는 끈이 하나 묶여 있고

그 끈을 따라가 보면 자물통이 나온다

그 자물통 열고 보면 구두가 놓여 있고

걸려 있는 옷가지에 지갑이 들어 있고

카드와 신분증들이 줄줄이 다 나온다

나 완전 해방이라고 아무리 우겨 봐도

구두와 옷가지와 그 귀여운 처자(妻子)까지

발목에 묶어놓은 채 등을 미는 것이다

미쳤다고 부쳐주나

그 옛날 내 친구를 미치도록 짝사랑한 나의 짝사랑이 배 두 상자 보내왔네

그 속에 사연 한 장도 같이 넣어 보내왔네

화들짝 뜯어보니 이것 참 기가 차네

종문아 미안치만 내 보냈단 말은 말고 알 굵은 배 한 상자는 친구에게 부쳐줄래

우와 이거 정말 도분 나 못 살겠네

에라이 연놈들의 볼기라도 치고픈데 알 굵은 배 한 상자를 미쳤다고 부쳐주나

시인의 얼굴

삼십 년 만에 만난 옛 동창생 하는 말이,

"종문아 누가 니가 시인이라 그 카던데, 니 정말 시인이 맞나, 니가 정말 시인이가"

"그래 맞다, 시인이다, 와 뭐가 잘못 됐나"

"니 거울 한번 봐라, 시인같이 생겼는가, 아 니가 시인이라카이 자꾸 우스워서 하하"

"시인 천상병을 이 무식아 니도 알제

시를 하늘로 삼은 천상 시인이지마는 그 얼굴 대체 어디가 시인같이 생겼노"

오호 잘 가게나 친구

이게 연극이라면 그 연극은 그만두고 이 사람, 내가 왔네,
이리 냉큼 나오시게

아 글쎄 내가 자네께 절을 해야 되겠나

그래도 액자 속에 고요히 들어앉아 무엇이 우습기에 그리
자꾸 웃고 있나

부인이 혼절을 했는데, 그래 이게 웃을 일가

혹시 늦게 얻은 저 귀엽고 어린 딸이 다들 왜 이러나 어리
둥절하다가도 철없이 깔깔 웃는 것, 하 기막혀 웃고 있나

알겠네, 이 사람아, 이 지경이 됐는데도 부의 봉투에 넣을
돈이나 따져쌓는

삼십 년 지기의 꼴이 우스워서 웃제 그자

부디 이해하게, 넣었다가 빼냈다가…… 큰마음 먹고서야 큰 것 한 장 더 넣었네

이 돈을 노자 삼아서 오호(嗚呼) 잘 가게나 친구

유턴

초등학교 4학년 때 아니면 5학년 때 찬물로 세수하고 하늘에서 전학을 온, 못 오를 큰 나무 같은 여학생이 있었어요

어느 날 논둑길을 반 가웃 지났는데 도저히 못 비켜갈 그 좁다란 지름길로
그 애가 반대편에서 종종걸음 치며 왔죠

일순 논두렁이 휘이청 굽어지며 가슴 방망이질 치고 하늘이 노래지고 논물이 몽땅 뒤집혀 허공으로 솟구쳤죠

그러나 그날 막상 아무 일도 없었어요
멍청이 바보 축구 등신에다 얼간이가 너무도 당황스러워 급(急) 유턴을 했거든요

아아 그때 만약 그냥 딱 버텼다면 우르르 천둥 치고 번갯불이 번쩍 튀고 폭우가 마구 쏟아지고 쓰나미가 덮쳤겠죠

하지만 유턴하길 참 잘했다 싶습니다

이런 시 쓰다 말고 히히히 웃다 보면 볼 발간 우리 마누라 콜콜 자고 있거든요

묵 한 그릇 하러 오소

우리나라 묵집 중에 제일 경치 좋은 집은
수밭마을 대밭골의 흰 구름집 식당이죠
두둥실 흰 구름으로 울타리를 둘러놓은,

흰 구름집 마당에서 묵을 먹다 바라보면
온 동네 된장 고추장 다 처발라 놓은 듯이
청룡산 천길 단풍이 타닥타닥, 타오르죠

담 너머엔 천년 묵은 느티나무 네 그루가
그 무슨 성자처럼, 아니 바보처럼 서서
가을날 환한 햇살 속 잎을 뚝뚝 떨구지요

난데없는 돌개바람에 마구 휘날리던 잎이
시퍼렇게 멍든 하늘 눈부시게 뒤덮다가
더러는 묵 그릇 속에… 뛰어내리기도 하죠

솔직히 묵 맛이야 그 맛이 그 맛이나
느티나무 잎새 맛은 그런대로 그만이니

이 편지 받으시거든 묵 한 그릇 하러 오소

막내딸이 서 있었다

꼬리 긴 다람쥐가 가끔 나를 찾아와서

앞발을 창에 대고 물끄러미 보는 것을,

한동안 나도 물끄러미 쳐다보곤 했었다

도토리 두어 개를 창밖에다 놓아두면

맛있게 냠냠 냠냠 죄다 먹고 놀아가고

안 주면 창을 토톡 톡, 두드리기도 했다

함박눈 박을 푸는 참 치운 겨울밤에

누군가가 다급하게 유리창을 두드렸다

아기를 안고 업은 채 막내딸이 서 있었다

제5부

아버지가 서 계시네

이럴 때는 우는 기다

무덤에 절을 하는데 붉고 환한 것이 어려

무심코 고개 드니 온 천지간 노을이다

이 세상 고추장 단지들 확 뒤엎어 놓았다

참 오래, 오래도록, 미친 놀을 보시다가

흑, 흑, 흐느끼며 우리 엄마 하시는 말

야들아 다들 울어라, 이럴 때는 우는 기다

새로 부르는 서동 노래

　내 나이 열아홉 살 때 이웃 마을 처녀에게 한눈에 반해 이 수작 저 수작 다 걸어 봐도 눈길조차 한번 안 주는 거라

　에라이 도분이 나 옛날 두건장이가 '임금님 귀는 당나귀 귀'라고 외쳤다는 도림사 대숲으로 냉큼 달려가 '순애는 종문이 꺼, 순애는 종문이 꺼, 제일여상 2학년 순애는 종문이 꺼' 하고 목청이 터지거라 외쳐댔더니, 바람이 불 때마다 대나무숲이 '순애는 종문이 꺼, 순애는 종문이 꺼, 제일여상 2학년 순애는 종문이 꺼' 하고 막무가내로 외쳐대는 통에 시집갈 데가 영영 없어진 그 처녀 순애가 미치고 폴짝 뛰고 환장하다가,

　이놈아, 이 원수 놈아 하며, 내게 엎어진 거라

깨가 쏟아지게 살게

익어 간다는 것은 매 맞을 날 온다는 것
익기가 겁이 나네, 매 맞기가 무섭다네
하지만 매를 맞아야 깨가 쏟아지는 것을

그래, 익자 익자, 매 맞을 날 기다리며
어차피 맞을 거면 속 시원히 맞고 말자
아무렴 사랑의 맨데 고까짓 거 못 맞을까

우와! 때가 왔다, 와 이렇게 좋노 몰라
어르듯이 달래듯이 찰싹찰싹 때려다오
깨알이 찰찰 쏟아져 깨가 쏟아지게 살게

계엄군을 투입하라

화물연대 부산지부가 총파업을 선언하여
이른바 물류대란이 코앞에 다가오자
급해진 중앙정부가 공권력을 투입했다

고료도 없는 시를 매일 써온 시인들도
드디어 총궐기해 총파업을 선언하고
당분간 시 짓는 일을 일체 작파키로 했다

뭐라고? 그래봤자 눈도 깜짝 않는다고?
천만에, 그럴 리가? 다급해진 대통령이
공권력 투입한다며 으름장을 놓겠지 흥,

이 놀라운 사태 앞에 경악한 대통령이
국가적 위기라며 계엄령을 선포하고
정말로 계엄군들을 투입하게 될지 몰라

그래 부디 계엄군을 투입하라, 투입하라
시인들이 작파해도 공권력을 투입하는

기차고 신명난 세상, 그게 꿈이니까 얼쑤!

저만치

밤새도록 운동장에 소복소복 쌓인 눈을

순애가 밟으면서… 저만치 가고 있다

세상은 온통 눈 천지, 순애밖에 없었다

순애의 발자국마다 내 발자국 맞추면서

순애와 같은 속도로 가만가만 따라가다

순애가 딱 멈춰서면, 나도 딱, 멈춰섰다

순애가 홱 돌아서서 문득 나를 바라보면

얼굴이 홍당무 된 채 먼 산만 쳐다봤다

순애와 나의 거리는… 늘 저만치 였었다

눈이라도 감고 죽게

나는 작디작은 멸치, 너는 참 잘난 사람
너여! 나의 몸을 낱낱이 다 해체하라
머리를 똑 떼어내고 배를 갈라 똥을 빼고

된장국 화탕지옥에 내 기꺼이 뛰어들어
너의 입에 들어가서 피와 살이 되어주마
그 대신 잘난 사람아 부탁 하나 들어다오

두 눈을 시퍼렇게 뜨고 있는 내 머리를
제발 대가리라고 부르지는 말아 주고
뜰에다 좀 묻어다오, 눈이라도 감고 죽게

킬링트리(Killing tree)

요다음 세상에선 꼭 나무가 되고 싶어
참 오랜 기도 끝에 나무로 태어났다
내 꿈을 이루기 위해 무럭무럭 자랐다

나의 그늘 아래 아이들이 뛰어놀고
내 둥치에 등을 대고 엄마가 젖을 줄 때
나는야 꿈을 이뤘다, 뜀박질을 하였다

그런데 난데없이 떼 악마가 나타나서
아이들 발목을 잡고 마구 빙빙 돌리다가
내 몸에 머리를 툭 쳐, 구덩이에 던졌다

안 돼, 안 돼 안 돼, 미친 듯이 절규했다
분노했다, 통곡했다, 몸부림쳐 거부했다
하지만 나는 뿌리를 땅에 박은 나무였다

난 이제 공범이다, 아이들을 떼로 죽인,
정말 끔찍하고도 치 떨리는 죄를 짓고

가슴에 킬링트리*라는 이름표를 달고 산다.

---

*킬링트리: 캄보디아의 킬링필드에 있는 나무 이름. 크메르 루즈들이 어머니가 보는 앞에서 이 나무의 둥치에다 수많은 아이들의 머리를 쳐 죽인 데서 유래한 이름임.

숨을 쉰다는 것

북극해 얼음 밑에 살고 있는 바다표범
수시로 숨구멍에다 콧구멍을 들이밀고
큰 숨을 들이켜 쉰다, 안 그러면 죽으니까

얼음 위 북극곰이 참 용케도 그걸 알고
바다가 꽁꽁 얼면 제 이마를 쿵쿵 찍어
숨구멍 뚫어놓고서 마냥 기다리고 있다

표범이 숨구멍에 콧구멍을 들이밀면
북극곰이 득달같이 아 냅다 달려들어
한바탕 잔치를 한다, 피 칠갑을 하는 잔치

표범도 다 알지만 곰이 기다리는 것을,
목숨을 걸지 않으면 그 목숨을 잃는 터라
에라이, 숨을 쉬려다 숨이 멎는 것이다

산의 품에 폭 안겼다

강 씨는 등산가였다, 이두박근 불끈 솟은,

백두대간 그 큰 산들 열다섯 번 종주했고

몽블랑, 아콩카과도 낱·낱·이 다 정복했다

히말라야 십사좌(座)를 다 오르진 못했지만

그중에 대여섯 개는 그의 발에 짓밟혔다

언젠가 다 짓밟는 것, 그게 꿈이기도 했다

하지만 동네 뒷산도 더 이상은 못 올랐다

마지막 등행을 할 땐 상두꾼과 함께 가서

하산을 하지 못한 채 산의 품에 폭 안겼다

봄날

참 환한
봄날일세
말똥구리 한 마리가

말똥을
뒤범벅 해
구슬 하나 만들고서

고것 참
귀엽네 하며

들다보고
있는,

봄날

참 환한

봄날일세
말똥구리 한 마리가

지구를 받침대 삼아 그 우주를 굴리다가

참말로
향기도 좋네

코를 대고
있는,

봄날

니가 와그카노 니가?
—민달팽이 하시는 말

니가 하마터면 날 밟을 뻔 하고서는 엄마아~ 비명 치며 아예 뒤로 넘어가데

죽어도 내가 죽는데 니가 와그카노 니가?

느낌표를 찍을 일이
―갑일(甲日) 아침에

달팽이 뿔 위에서 무슨 일로 다툴 건가
돌과 돌 맞부딪혀 스파크가 '번쩍!' 할 때
삶이란 그 '번쩍!' 하는 그 불빛과 같은 거라*

그래, 그 '번쩍!' 하는 그 찰나가 삶이라면
그 가운데 '번쩌'까진 이미 죄다 지나갔고
마지막 기역 자 쓰는, 그게 겨우 남은 건가

아니지, 그러고도 더 큰 일이 남아 있지
이 세상 가슴 가슴에 바위가 쿵, 떨어지는
그 무슨 천둥과도 같은 느낌표를 찍을 일이

---

*백거이의 시 「對酒」의 "蝸牛角上爭何事 石火光中寄此身" 변용.

무심코

무심코
대추 하나
와락,
깨물었죠

벌레
한 마리가
어쩔 줄을
모르데요

우주가
천둥을 맞고
두 동강이
났거든요

아예 중이 됐지 뭐야

출가 전 고송(古松)스님 팔공산에 올랐다가

파계사 관음보살께 백팔 배를 하고 나니

땅거미 울컥 밀려와 할 수 없이 절에 잤어

다음날 밥을 주기에 밥값이나 하자 싶어

그 큰 절 그 큰 마당 낱낱이 다 쓸었더니

캄캄한 밤이 또 왔어 자지 않고 어쩌겠어

자고 나면 밥을 주고… 밥값은 해야겠고

날이 또 저물어오니 도리 없이 자야겠고…

밥값을 안 할 순 없고, 아예 중이 됐지 뭐야

———

＊정법안의 『스님의 생각』 수록 고송스님 출가담을 토대로 씀.

아버지가 서 계시네

순애야~ 날 부르는 쩌렁쩌렁 고함 소리
무심코 내다보니 대운동장 한복판에
쌀 한 말 짊어지시고 아버지가 서 계셨다

어구야꾸 쏟아지는 싸락눈을 맞으시며
새끼대이 멜빵으로 쌀 한 말 짊어지고
순애야~ 순애 어딨노? 외치시는 것이었다

너무도 황당하고 또 하도나 부끄러워
모른 척 엎드렸는데 드르륵 문을 열고
쌀 한 말 지신 아버지 우리 반에 나타났다

순애야, 니는 대체 대답을 와 안 하노?
큰집 제사 오는 김에 쌀 한 말 지고 왔다
이 쌀밥 묵은 힘으로 더 열심히 공부해래

하시던 울 아버지 무덤 속에 계시는데
싸락눈 내리시네, 흰 쌀밥 같은 눈이

쌀 한 말 짊어지시고 아버지가 서 계시네

깨고 나니 의자 위데

기나긴 사다리를 평생 뚝딱거려 봐도 구름에 가닿기엔 아직 너무나도 짧아 아찔한 벼랑에 걸치고 후들후들 올라갔어

그 벼랑 맨 꼭대기 사다리를 끌어올려 구름에다 걸쳐놓고 아슬아슬 오른 뒤에, 들입다 그 사다리를 세상으로 걷어찼어

흰 구름 이불 속에 벌렁 드러누운 채로 두 팔을 베개 삼아 드렁드렁 코를 골며 한 사날 잠을 푹 잤어…… 깨고 나니 의자 위데

우주의 중심

영천 임고초등학교

그 거대한

숲속에서

꼬맹이 아이들이

시소를 타고 있다

우주의 중심이 문득,

왔다 갔다

하고 있다

야호

좀 다급한 일이 있어 후닥닥 나섰더니 앞집 아가씨의 뒤태
가 보였는데,
이십 층 승강기 문이 그만 왈칵 닫힌다

어찌 할 도리가 없어 한참을 기다리다 내려가서 자동차에
시동을 걸려 하니
열쇠를 안 가져 왔다, 우와 이거 열 받겠다

돌아가니 승강기는 이미 올라가고 있고 돌아오니 승강기
는 이미 내려가고 있고,
돌아온 승강기 타니 층층마다 다 선다

신호등도 하필이면 붉은 등에 죄다 걸려 천신만고 끝에 학
교에 도착하니
이번엔 연구실 키를 입던 옷에 두고 왔다

이 세상 모든 꽃들 아예 지랄발광인데 바쁜 척 하지 마라,
아마 그런 뜻인갑다

차라리 잘됐다 그래, 꽃놀이나 가자 야호!

웃지 말라니까 글쎄

시인 이중기 형의 양아버지 되는 분은 삼사 대 양자 집에 또 양자로 들어가서 세상에 딸-딸-딸-딸-딸, 딸 다섯을 낳았다 요

미치고 환장하고 애간장 탄 그 어른이 용하다는 점쟁이께 점을 치러 갔는데요, 이사를 가지 않으면 아들 수(數)가 없다 네요

급기야 이사를 가 또 딸 셋을 내리 낳고 아들아들 빌고 빌 며 아홉째를 낳았는데, 아 글쎄 딸 쌍둥이가 튀 나왔다 카더 라요

눈물로 온 집안이 뒤범벅이 되었는데 내 일이 아니라고 호 호 하하 웃지 마요, 그래도 자꾸만 웃네, 웃지 말라니까 글쎄

그 나무가 자살했다

강원도 정선 고을 그 첩첩 산 첩첩 골에
천삼백 살이나 먹은 참 우람한 소나무가
시퍼런 기를 뿜으며 시퍼렇게 살아왔다

군(郡) 관광 상품으로 개발을 하기 위해
첩첩 산 첩첩 골까지 길을 내어 포장하고
손님을 받으려는데 그 나무가 자살했다

저 천기를 호흡하며 내 이렇게 살았는데,
아 글쎄 내가 무슨 동물원 원숭이가?
차라리 죽지 뭐 하고, 숨을 끊은 것이다

하관(下棺)

풀잎 끝

이슬 하나

투욱,

떨어진다.

가슴에

쿵― 하고

천둥이 떨어지고

들판이

요동치다가

이윽고

고요하다.

하늘

참

푸른

하늘이다

벼슬이 빨간 수탉

돌연 꼬꼬댁 꼭꼭 푸더더덕 홰를 치며

지붕에 날아올라서

뒷짐 지고

쳐다

보는,

제6부

그때 생각나서 웃네

그때 생각나서 웃네

그때 생각나서 웃네, 그녀를 괴롭히는 그 자식이 빠지라고 물웅덩이 메운 뒤에 그 위에 마른 흙들을 덮어뒀던 그때 생각

그때 생각나서 웃네, 그 자식은 안 빠지고 어머야 난데없이 그녀가 풍덩 빠져 엉망이 되어버렸던 열두어 살 그때 생각

그때 생각나서 웃네, 어떤 놈이 그랬냐며 호랑이 담임 쌤의 불호령에 자수했다, 열흘간 변소 청소를 도맡았던 그때 생각

그때 생각나서 웃네, 혼자 남아 청소할 때 그녀가 양동이에 다 물을 떠다 날라주어, 세상에 변소 청소가 그리 좋던 그때 생각

……나는……, 가께 ……

…느그들…… 다, 왔구나…

…이리… 가까이로… 온나…

……내가, …… 느그들께,……

할 말이…… 참… 많았는데…

…너무도… 숨이…… 가빠서,…

…말이…… 나오지가… 않네…

…내가, … ……, 느그들께……

…하고 싶은…, … 말이, 뭔지…

……아마, …… 느그들도… ……

…다 잘 알고……, 있을 끼다…

…그게 곧… … 내 할 말이다…

…지켜다오 ……나는, …, 가께.

뻐꾹 뻐꾹 운다지만

뻐꾸기는 하루 종일 뻐꾹, 뻐꾹 운다지만

복어 국 먹을 때는 복국, 복국 하며 울고

북어 국 먹을 때는요, 북국, 북국, 울지요

뻐꾸기는 하루 종일 뻐꾹, 뻐꾹 운다지만

떡국을 먹을 때는 떡국, 떡국 하며 울고

쑥국을 먹을 때는요, 쑥국, 쑥국, 울지요

모기

그러면

맞아죽을 게

뻔한 데도 불구하고

경계경보 사이렌을 앵– 앵– 앵– 울려주는

모기는 인간적이네

예(禮)라는 게

남아 있네

봄날*

새가
앉는 순간
가지가
휘~청, 하며

꽃들이 난데없이
와르르
무너지자

얼굴이
홍당무 된 새
놀라 푸덕거린다

바로 그 날갯짓에
꽃이 또
왕창 지고

가 앉는

가지마다

꽃이 다시 무너져서

천지간

꽃들이 죄다

엉겁결에

지는

봄날

---

*이중섭의 그림 〈벚꽃 위의 새〉에서 얻은 연상.

참 단란한 오후 한때

개미개미개미개미개미개미개미개미개미개미개미개미개
미개미개미개미

개미가 일렬종대로 어디론가 가는 것을 꼬맹이 따라가며
지근지근 밟는 것을 그 어미 귀엽다고 박수 치며 웃는 것을

그 아비 동영상 찍는, 참 단란한 오후 한때

눈 떠보면 꿈이야
—우리 엄마의 말

야야, 밤마다 니가, 다짜고짜 나를 안아

싱겁기는, 밀어내도, 막무가내 달려들어

나도 널, 슬며시 안아, 눈 떠보면 꿈이야

당신

나는

대못이다

폐가의 벽에 박힌,

박힐 때, 망치 맞고, 몇 번이나, 혼절했고

허리도 휘청 굽었다

콘크리트

뚫는다고

그래도

행복했다

그림 걸고 있을 때는

지금은, 녹이 쓴 채, 벽에 그냥, 박혀 있다

제발 좀, 뽑아나 다오

날 여기다

박은

당신!

느그 엄마 안 죽었다

옛날에는 어머니께서 불쑥불쑥 전화 걸어

이렇게 물으셨다, "……애비가? 다 잘 있제?

애들도 잘 크고 있고 애 어미도 무탈하제?"

한동안은 어머니께서 가끔씩 전화 걸어

이렇게 말씀하셨다, "내 걱정은 하지 마라

느그가 걱정할까 봐 걱정 돼서 전화했다"

요즈음은 어머니께서 통 전화를 안 하셔서

내가 문득 전화 걸면 울퉁불퉁 이러신다

"애비야 내 걱정 마라, 느그 엄마 안 죽었다"

숟가락은 속도 좋다

일 마친 수저들을 회수하는 다라이에 도분 난 사람처럼 철
썩철썩 던져놓고,

다시 또 밥을 떠 넣어?

숟가락은 속도 좋다

일획(一劃)

일획이다!

추사(秋史) 선생도 감히 꿈도 꾸지 못한,

단 한 점 티도 없는 아스라한 이 우주를 단칼에 확 갈라 치
는 저 제트기 구름

일획.

둥근달을 함께 보면

나 지금 달을 보오
그대도 달을 보소

산 너머 있다 해도 둥근달을 함께 보면 겸상해 밥을 먹으며
마주앉아 있는 거라

계란을 깰 때마다

계란을 톡톡 깨어 프라이를 할 때마다

먹어도 안 먹어도 그만인 걸 먹으려고

이 작고 둥근 우주를 깨도 되나? 하는 생각!

난리가 났답니다

나이 마흔한 살 까마득한 내 후배가

네 가구 여섯 명이 살고 있는 산마을에

식구 셋 거느리고서 귀농을 했답니다

아 글쎄, 그랬더니…… 난리가 났답니다

동네의 평균연령이 한 스무 살 젊어지고

인구가 육십칠 프로 돌연 늘어났거든요

백로

세상에

모가지가

저토록 하얀 새가

돌연

황톳물에

대가리를 처박더니

피리를 꿀꺽 삼키네

그 비린내

나는 것을!

가을밤

모처럼 어머니와
함께 자는 밤이었다

창밖엔 귀뚜라미가
귀뚤귀뚤 노래하고

보름을 갓 지난 달빛
참말로 환하던 밤

한참을 자다 보니
느낌이 좀 이상했다

슬며시 눈을 뜨니
어머니가 바투 앉아

날 빤히 보고 있었다
볼이라도 맞출 듯이

그날 밤 이런 일이
몇 번이나 반복됐다

"엄마 와?" 하고 물으니
"좋아서" 라고 했다

"뭐가요?" 하고 물으니
"그냥 좋다" 라고 했다

대못

내 그때 서릿발 치는 참 혹독한 꾸중 듣고

가슴에 박았던 대못, 평생 못 빼드린 대못

"엄마는 와 날 낳았노, 누가 낳아라 카더나"

좀 편하게 자야겠다

우리 큰 아버지 진지 들다 돌 씹으면
돌을 탁 뱉어놓고 다짜고짜 외치셨다
"만석아, 지게 가 온나, 여기 바위 실어내게"

우리 큰 아버지 진지 들다 밥이 질면
숟가락 탁 놓으며 다짜고짜 외치셨다
"만석아, 삽 들고 온나, 도랑 치고 가재 잡게"

우리 큰 아버지 맨 마지막 숨을 쉴 때—
"만석아, 선산(先山)에다 흙구덩이 하나 파라
마누라 옆에 누워서 좀 편하게 자야겠다"

말복

    푹푹 찌는 날에 더위를 먹은 소가 침을 질질 흘리면서 고삐
줄 질질 끌다

    뒷발에 줄이 밟혀서

    휘청,
    넘어가는

    뒷산

여자가 되어 봤다

내 나이 예순여섯에 여자가 되어 봤다

그 통증을 줄이려면 수중분만 하라기에

온수에 엉덩이 담가 그 산통도 겪어 봤다

불편한 기저귀 대신 생리대를 차고 있다

느닷없는 하혈 땜에 피범벅도 겪어 봤다

여자를 알 것도 같다 치질수술 참 잘했다

이제는 아는 사이

첩첩 산 오솔길에서 한 스님을 만났는데요

옷자락 스쳐 지나다 '스님!' 하고 불렀지요

스님도 '거사님!' 하며 나를 불러 세웠고요

둘이 함께 돌아서다가 눈길이 딱 마주쳤죠

어딘가 낯이 익은 게 분명 아는 사이라며

한참을 길 위에 서서 이 것 저 것 따져봤죠

알 듯도 알 듯도 한데 영 모르는 사이였나?

제 아무리 캐어 봐도 통 알 수가 없었지만

이제는 아는 사이라며, 으하하하 웃었지요

합장으로 묻어줄게

참 지독한 가뭄 끝에 말라터진 저수지에

팔뚝만 한 붕어 둘이 나란히 죽어 있다

얼굴을 쳐다보면서 하얀 배를 마주 대고

아마도 이 두 놈은 금슬 좋은 부부겠지

못 물이 말라붙어 가쁜 숨을 파닥일 때

부둥켜안고 싶어도 손이 없어 그리 못한,

한 바가지 물을 퍼줄 바가지도 물도 없어

두 눈을 부릅뜬 채 애가 타게 지켜봤던,

붕어여 눈을 감으라, 합장으로 묻어줄게

달밤

그 소가 생각난다, 내 어릴 때 먹였던 소

샐비어 즙을 푼 듯 놀이 타는 강물 위로

두 뿔을 운전대 삼아, 타고 건너오곤 했던

큰 누나 혼수 마련에 냅다 팔아먹어 버린,

하지만 이십 리 길을 터벅터벅 걸어와서

달밤에 대문 밖에서 움모~ 하며 울던 소

우리 동네 호박넝쿨

소주병 맥주병을 한 천 개쯤 왕창 깨어
그 유리 조각 모아 삐쭉삐쭉 박아놓고
철조망 칭칭 둘러친 콘크리트 담장 알죠?

세상에, 호박넝쿨이, 아 거기가 어디라고
탱자나무 가시 같은 녹슨 쇠 가시를 잡고
그 무슨 곡예 부리듯 거길 타고 오르데요

베이지도 찔리지도 피 한 방울 안 흘리고
낮은 포복 높은 포복 참 용케도 슬슬 기어
급기야 담장 전체를 확 뒤덮어 버리데요

호박꽃 못났다고? 턱도 없는 소리 마요
마누라 엉덩이만 한 보름달도 여럿 걸린,
참말로 장관이라오, 우리 동네 호박넝쿨!

이제 곧 퇴임 하면

이제 곧 퇴임 하면 어디 가서 살 거냐고?

천년 묵은 느티나무 맨 꼭대기 위에 올라 까치가 살다가 떠난 빈 둥지에 살까 하네

그 조그만 둥지에서 어떻게 사느냐고?

그런 걱정 하지 말게, '얍' 하고 요술 부려 내 몸을 둥지에 맞춰 확 줄여서 살 거니까

그 높은 둥지에서 무얼 하며 살 거냐고?

흰 구름 이불 덮고 자락 깨락 뒹굴다가 동주(東柱)가 못다 헨 별들 다시 헤며 살까 하네

그러므로 지금 나는 가슴이 뛴다

이종문

2006년 9월!

폭염과 폭우와 천둥과 번개와 일곱 개의 태풍을 참 용케도 뚫고 우리나라에 가을이 왔을 때, 갑자기 내 오른쪽 무릎이 쿡쿡 아파오기 시작했다. 병원에 가서 정밀 진단을 받아봤다. 오랜 시간에 걸친 과격한 운동으로 인하여 무릎 속에 있는 반달 모양의 연골판(軟骨板)이 심각할 정도로 파열되었다는 진단이 나왔다. 병이 들었으면 아파야 병원으로 달려갈 텐데, 주변의 근육들이 워낙 튼실하게 받쳐주는 바람에 전혀 통증이 오지 않았고, 그러한 가운데서도 연골판은 계속 깨어져 나가 엉망진창이 되었다는 것이다.

그해 10월에 도리 없이 학교에 휴직계를 제출하고, 집 근처에 있는 무릎 수술 전문병원에서 파열된 연골판을 다시 봉합하는 수술을 했다. 내 몸의 일부에 칼을 대는데 기분이 좋을 리는 물론 없었다. 하지만 차라리 잘됐다는 생각이 슬며시 들었던 것도 부정할 수 없는 사실이다. 그 당시 나는 학교에서 주요 보직 여러 개를 한꺼번에 맡아 몇 년째 계속 시달리고 있었다. 능력과 체질에 전혀 어울리지 않는 팔자에도 없는 보직이었다. 물론 벗어나려고 무던히도 몸부림을 쳐보았지만, 도무지 그게 잘 되지가 않았다. 똥개에게 쫓기는 수탉처럼 우왕좌왕하면서, 발등에 떨어진 불을 오줌으로 끄기에 급급한 황당하기 짝이 없는 생활이 지루하게 계속되고 있었다. 그런데 이제 장기간 병상에 드러눕게 되면, 그 신물 나던 보직들을 한꺼번에 모두 내동댕이치고 해방의 자유를 마음껏 누리게 될 터이니, 우와 이거 정말 쾌재(快哉)로다, 야호!

수술을 하고 여덟 명이 함께 쓰는 병실에 누웠다. 모두 유사한 증상으로 무릎을 수술한 환자들이었다. 같은 병실에 환자들이 여덟이나 되다 보니 문병객들이 뻔질나게 들락거렸고, 그들은 대부분 몸에 좋다는 갖가지 음식들을 싸들고 왔다. 무릎 수술로 휠체어를 타고 다니기는 했지만 입은 모두 다 멀쩡했기 때문에, 먹는 데는 아무런 문제가 없었다. 같은 병에 걸린 환자라는 동병상련(同病相憐)으로 의기투합한 환자들은 밤마다 산해진미를 늘어놓고 한바탕 파티를 벌이고야 잤다. 운동은 전혀 할 수가 없는데 파티를 신나게 벌이다 보니, 몸무

게가 천문학적으로 불어나기 시작했다. 그러지 않아도 비만으로 끙끙대던 나에게 난데없는 비상사태가 발생하게 되었던 것이다.

어떻게든 운동을 좀 해야 되겠다는 생각으로 엘리베이터를 타고 병원 옥상에 위치하고 있다는 '하늘 공원'으로 올라가 봤다. 말이 '공원'이지 공원이란 이름에 걸맞은 공간은 조그만 화단 하나가 달랑 전부였고, 화단을 제외하고는 교실보다 조금 더 넓은 공간이 텅 빈 채로 눈부시게 쏟아지는 가을 햇살을 받고 있었다. 나는 휠체어를 탄 채 바로 그 햇살 속으로 풍덩 뛰어들었다. 그 좁은 공간에서 줄잡아 백 바퀴쯤 다짜고짜 뺑뺑이를 빙빙 돌았다. 온몸에 콩죽 같은 땀이 쏟아지면서 오랜 체증이 쑥 내려갔다. 하지만 그 좁은 곳에서 다람쥐가 쳇바퀴를 돌듯 휠체어로 빙빙 돈다는 것은 따분하기 짝이 없는 일이었다. 그런데 정말 다행스럽게도 옥상 한복판에 커다란 평상 하나가 덩그렇게 놓여 있었으니, 야호!

"됐다. 무릎 수술을 했으므로 땅에다 발을 디딜 수는 없다. 하지만 다리는 죽 뻗쳐도 상관이 없다. 그래, 저 평상을 이용하여 운동을 좀 제대로 해보자."

나는 평상 위에 똑바로 드러누워 가없는 하늘을 쳐다보면서, 죽 뻗은 다리를 들었다가 놓는 단순 동작을 반복했다. 처음에는 한꺼번에 스무 번도 하기가 힘이 들었다. 하지만 계속하여 훈련을 했더니 그 숫자가 금방 쑥쑥 늘어나, 며칠 뒤에는 한꺼번에 쉰 번도 가능했다.

원래부터 아침형 인간이었으므로 꼭두새벽부터 옥상에 올라가서 평상 한복판에 드러누워 다리 들기를 백 번씩 반복했다. 잠자리에 들기 직전에도 같은 동작을 같은 횟수로 되풀이했다. '먹으려면 백 번, 먹었으면 백 번'이란 기본 원칙을 세워놓고 세 끼 식사 전후에 각각 백 번씩 합계 육백 번을 들어올렸다. 아침과 점심, 점심과 저녁 사이에도 심심해서 각각 백 번씩 다리를 들어올렸다. 이렇게 하여 하루에 천 번씩 다리를 들었더니, 살이 찌기는커녕 내 육중한 몸매에 아주 육감적인 S라인(?)이 서서히 드러나기 시작했다.

이러다 보니, 입원해 있었던 약 한 달 동안 주로 병원 옥상의 평상 위에서 이리저리 뒹굴며 시간을 보냈다. 나의 하루는 꼭두새벽에 옥상에 올라가서 다리를 백 번 들고, 고요히 앉아 아침 해가 솟아오르기를 기도하는 데서 시작되었다.

"해야 솟아라, 해야 솟아라, 말갛게 씻은 얼굴 고운 해야 솟아라. 산 너머 산 너머서 어둠을 살라 먹고, 산 너머서 밤새도록 어둠을 살라 먹고, 이글이글 애띤 얼굴 고운 해야 솟아라."

박두진 선생의 「해」를 나직하게 읊조리면서 고요히 기도하며 기다리다 보면, 해는 매일 아침 병원 동쪽에 있는 영남우방아파트의 옥상 위에서 환한 얼굴을 내밀었다. 아파트 옥상에서 떠오르는 해가, 새해 아침 동해의 일출 같은 장엄한 모습을 연출할 리는 없다. 하지만 내가 간절하게 기도하여 떠

오르는 해가 나오는 상관없이 제멋대로 뜨는 해보다 훨씬 더 눈부시고 찬란한 것도 사실이었다. 같은 맥락에서 해를 맞이하며 시작한 하루가 아무렇게나 되는 대로 시작한 하루와 같은 하루일 수도 없었다. 그러니까 나는 병원에서 지냈던 그 한 달 동안을 날이면 날마다 해를 맞이하면서 가슴 벅차게 시작한 셈이고, 하루를 이토록 벅차게 시작한 경우는 그 이전에는 거의 없었던 일이었다.

내가 처음으로 하늘의 별들을 구체적인 관찰의 대상으로 살펴본 것도 바로 그 병원 옥상에서였다. 지구가 너무 빨리 돌아가다 보니, 나에게는 별들을 유심히 바라보았던 기억조차도 별로 없었다. 고작해야 우연히 첩첩산중 시골에 갔다가, 캄캄한 밤하늘에 쏟아질 듯이 매달려 있는 참으로 무수한 별들을 보고, '우와! 별이 정말 천지 빼까리네!' 하며, 조건반사적인 감탄사를 내뱉은 것이 별에 대한 내 관심의 전부였다. 그러한 내가 병원의 캄캄한 옥상 위에서 북극성과 북두칠성, 오리온과 카시오페이아 등 각종 별자리의 위치를 찾아내고, 하늘 한복판을 가로질러 흐르는 은하수를 오래도록 쳐다본 것은 하나의 커다란 사건이었다.

어디 별뿐이랴. 사정은 달도 마찬가지였다. 물론 나도 초승달에서 시작한 달이 상현달, 보름달, 하현달이 되었다가 그믐달이 되어 사라진다는 것을 대강 알고 있기는 했다. 하지만 초승달이 그믐달이 되기까지 달의 운행의 전 과정을 내 눈으로 직접 살펴본 적은 단 한 번도 없었다. 어떤 달이 언제 어디서 떠서, 어디로 지는지에 대해서도 아는 바가 물론 전혀 없었다. 그저 길을 가다가 우연히 보름달을 보게 되면 '우와! 거참 달 한번 밝다. 아마 오늘이 보름인가 보지?' 하고, 혼자 중얼거린 적이 있었을 뿐이다. 그러한 내가 병원의 캄캄한 옥상 위에서 달의 운행 과정 전체를 대강이나마 살펴본 것도 보통 사건은 아니었다.

티 없이 맑고 높은 가을 하늘을 정말 하염없이 쳐다본 것도 그해 그 가을 그 병원 옥상 위에서였다. 하고 많던 걱정들을 완전히 내려놓은 상태인데다, 시간이 엄청 남아 돌았으므로 저 푸른 하늘을 쳐다보는 일밖에 해야 할 일이 아무것도 없었다. 해야 할 일이 아무것도 없는 상태에서 참 멍청하게 쳐다보는 하늘은 더욱더 높았고 더욱더 넓었다. 삽살개에게 우왕좌왕 쫓기던 수탉이 푸더더 더더더덕 필사적으로 홰를 치면서 초가지붕 꼭대기에 날아오른 뒤에, 새빨간 벼슬을 뒤로 확 제친 채 뒷짐을 지고 어슬렁거리면서 저 푸른 하늘 속의 하얀 낮달을 눈이 부신 듯이 쳐다보듯이, 정말 마음 놓고 하늘을 쳐다봤다. 비행기구름이 광활한 하늘을 딱 일획(一劃)으로 양분(兩分)하고 지나가면, 그 하얀 철봉을 잡고 우주를 한 서너 바퀴 아 냅다 빙빙 돌아가다가, 들입다 낮달 나라에 쿵— 뛰어내리는 상상도 해봤다. 하지만 그러다가 계수나무 아래서 소꿉장난 하던 토끼들이 놀라서 기절을 하면 큰일이다 싶어서,

슬며시 그만 두기도 했다. 그 대신에 한 마리의 자벌레가 되어 저 높은 하늘 그 기나긴 비행기구름을 타고 우주의 넓이를 재어도 봤다.

　그해 가을 조물주께서는 위대한 화가이자 철학자였다. 화가께서는 혼신의 힘을 다해 거대한 하늘 캔버스에다 각종 구름으로 황홀하기 짝이 없는 그림을 그렸다. 양털구름과 뭉게구름들이 수시로 모습을 바꾸면서 꽈배기를 틀고 곡예를 부리다가, 천근만근의 장엄한 저녁놀과 함께 한바탕 크나큰 우주 쇼를 벌였다. 철학자께서는 아침에 생겨나서 이리저리 떠돌다가 저녁 어둠 속으로 사라지는 정처 없는 구름의 모습을 수시로 나에게 보여주었다. '삶이란 것도 이리저리 떠돌다가 결국은 무덤으로 돌아가는 과정에 불과하다'는 것을 웅변적으로 가르쳐주는 감동적인 인생철학 특강이었다.

　과거에도 그렇고 지금도 그렇지만, 확고한 무신론자인 내가 우주의 호흡과 신의 숨결을 어느 정도나마 느꼈던 것도 그 병원 옥상 위에서였다. 알량한 지식들을 다 내려놓은 채 저 광활한 우주를 내 두 눈으로 살펴봤을 때, 신이 없고서는 이 모든 현상들을 도저히 설명할 수 없겠다는 생각이 수시로 들곤 했던 것이다. 그것은 더할 나위 없이 높고 넓고 푸른 하늘을 하나의 우주 화폭으로 삼아, 구름과 노을이 뒤범벅이 된 일대 장관을 연출했을 때도 마찬가지였다. 비록 병원 옥상 위에서 누운 채로 지냈지만, 우주의 호흡으로 호흡을 하고, 신의 숨결을 느끼면서 살았던 그해 그 가을엔 참 행복했다.

하지만 그해 그 가을이 더욱더 행복할 수 있었던 것은 땅에서 일어난 일들 때문이기도 했다. 다분히 사적인 이야기가 되겠지만, 나는 원래 역마살이 걸려도 왕창 걸린 사람이었다. 고등학교 때부터 무전여행을 다닌다면서 아무런 대책 없이 떠돌았고, 취미가 무어냐고 물으면 아무런 망설임도 없이 여행과 답사라고 대답해 왔다. 오죽하면 나에게 '걸어 다니는 내비게이션'이란 다소 과장된 별명까지 붙게 되었을까.

그러나 그해 그 가을에는 무릎 수술 때문에 여행이 전혀 불가능했다. 그러자 나의 시선이 자연스럽게 '하늘공원'에 있는 작은 화단 쪽으로 서서히 쏠리기 시작했다. 그리 넓지 않은 화단이었지만 그래도 거기 몇 그루의 나무가 있어서, 나에게 커다란 위안이 되었다. 어디 그뿐이랴. 자세히 살펴보니 그 나무 밑에도 지렁이와 개미, 사마귀와 땅강아지, 풀무치와 방아깨비 등 우리가 흔히 '미물(微物)'이라고 낮춰 부르는 수많은 목숨들이 살고 있었다. 하지만 그들이 과연 '미물'일까?

조선 후기의 빼어난 학자 홍대용(洪大容)이 이미 설파한 것처럼, "사람의 입장에서 바라보면 사람이 만물보다 고귀한 존재이고, 만물의 입장에서 바라보면 만물이 사람보다 고귀한 존재다. 하지만 하늘이 바라보면 사람과 만물은 완전 평등하다." 어차피 우리는 사람이므로 일단 사람의 입장에서 세계를 바라볼 수밖에 없다. 한 사람의 죽음을 땅강아지 한 마리의 죽음과 똑같이 취급할 수 없음은 말할 것도 없다. 그러나 땅강아지의 입장에서 바라보면 땅강아지가 사람보다도 훨씬 더 고귀한 존재이고, 하늘이 바라보면 사람과 땅강아지는 아무런 조건 없이 평등한 존재다. 그런데 어찌 그들을 우리가 마음대로 미물이라고 규정할 수 있겠는가.

설사 그들을 미물이라 규정한다 해도 그렇다. 저 거대한 우주에 비하면 미물은 정말 작은 존재지만, 미물의 그 작은 몸속에도 이미 우주가 다 들어 있다. 그러므로 나는 그해 그 가을 그 한 달 동안을 한 마리의 작은 벌레가 되어 화단에 살고 있는 수많은 벌레들과 유유상종(類類相從)하며 놀고 지냈다. 어떤 대상이든지 하루 종일 끈질기게 관찰하기만 하면 모두 다 시가 될 수 있다는 믿음을 가진 것도 그때부터였다.

그해 가을에 종이책을 펼친 적은 단 한 번도 없었다. 그렇다고 하여 책을 전혀 읽지 않았다는 뜻은 아니다. 다소 거창하게 표현하자면 내가 옥상에서 바라봤던 모든 것들이 펄펄 살아 뛰는 '진짜 책'이었으니까. 너무 거창한 우주 책이 아니더라도 나는 그해 가을 결코 적지 않은 글들을 읽었다. 내 사랑하는 제자들이 거의 백 통에 가까운 위문편지를 보내왔으니까.

내가 받았던 위문편지들은 아쉽게도 감동적인 명문은 아니었다. 하지만 읽으면 읽을수록 따뜻한 정이 그 무슨 밀물처럼 뜨겁게 밀려오는 정겨운 사연을 담고 있는 것임에는 분명했다. 게다가 백 통에 가까운 편지의 내용을 종합해보면, 어처구니없게도 나는 '제법 거룩한 스승(?)'이 된다. 정말 가당치도 않게 제자들이 보낸 편지 속에서 나는 갖출 것을 제법 갖춘 '등대 같은 교육자(?)'로 찬란하게 미화되어 등장하곤 했다. 사실을 사실대로 기록하기보다는, 갑자기 어려움에 처한 나를 어떻게든 기쁘게 해주려는, 아주 특수한 목적을 가진 '위문용 편지'의 근본적인 한계에서 나타난 결과임은 말할 것도 없다. 초등학생 시절 성탄절이 다가오게 되면, 얼굴도 모르는 국군 아저씨들을 '용감무쌍한 국군 아저씨'라 추켜세우면서 다정하게 썼던 위문편지처럼!

하지만 나는 얼토당토않게도 이 편지들의 내용을 액면 그대로의 진실로 아주 완벽하게 착각하고 싶었다. 착각을 하기 위해서는 많이 읽으면서 지속적으로 세뇌를 할 필요가 있었으므로 줄기차게 읽고 또 읽었다. 마침내 순도 100%에 거의 가까운 착각 상태에 이르게 되자, 편지를 읽는 일이 짜장 감미롭고 행복했다. 그러므로 나는 옆에 딱 들러붙어 간호하고 있는 내 아내에게 실없는 부탁을 미리 해두기도 했다.

"여보, 나는 이토록 아름다운 세상에서 당신과 함께 아주 오래도록 살고 싶구려. 그래도 언젠가는 저승으로 가야 할 때가 다가올 터. 그때가 되거든 이 편지들을 과거에 받았던 수많은 편지들과 함께 내가 누운 관(棺)의 빈 공간에다 넣어 주이소. 저승에 가서도 심심할 때마다 이 편지를 읽으며, 가당치도 않는 착각 속에서 아주 행복하게 살고 싶구려."

그해 그 가을 그 한 달 동안은 정말 사는 것같이 살았던 아주 특별하고도 행복한 시간이었다. 같이 입원했던 병실 동료들은 갑갑해서 미치고 폴짝 뛰고 환장하겠다면서 퇴원 날짜를 손을 꼽아가며 기다렸지만, 나는 퇴원을 하게 될까봐 오히려 겁이 날 지경이었다. 실제로도 '이제 그만 퇴원 하라'는 의사 선생님께, '달의 운행 과정 가운데 그믐달을 아직도 못 봤으니 일주일만 더 있자'고 사정을 하여, 일주일 뒤에 마지못해 퇴원을 하기도 했다. 만약 그때 입원을 하는 행운이 없었다면, 제자들의 편지들도 당연히 받을 수가 없었을 터. 그 편지들이 없었다면 먼 훗날 내가 높은 산 무덤 속에 혼자 누워있을 때, 그 허전함을 무엇으로 달랠 수가 있겠는가.

그해 가을 병원 옥상에서 정말 행복하게 지내다가, 마지못해 퇴원을 했던 날이 마치 오늘새벽 일인 것만 같은데, 어 어어 하는 사이에 참 많은 세월이 후닥닥 흘렀다. 그리하여 마침내 그동안 나에게 모락모락 김이 오르는 따뜻한 밥을 먹여주었던 계명대학교 한문교육과를 떠나야 할 날이 난데없이 불쑥 다가왔다. 이제 곧 퇴임을 하게 되면, 낙동강과 금호강이 합류하는 두물머리, 40여 년 전 첫사랑과 데이트를 하곤 했던 내 마음의 무릉도원 강정마을에다 까치둥지 같은 방 하나를 마련할 생각이다. 그 작고 '외롭고 높고 쓸쓸한' 까치둥지 속에서 도대체 무얼 하며 살아갈 거냐고? 한마디로 말해, 한 마리의 까치가 되어 저 우주 사이를 마음껏 소요하면서, 그해 그 가을 그 병원에서 아주 특별하게 누렸던 행복을 좀 더 본격적이고도 전면적으로 누려볼까 한다. 내 첫사랑도 기쁜 마음으로 동의를 해주니, 이왕이면 함께 팔짱을 끼고.

그리고 보면 나의 물러남은 파장 무렵의 쓸쓸한 퇴장이 아니라 새로운 세계로의 도약과 비상으로 승화될 터. 그러므로 지금 나는 가슴이 뛴다.

이 도서의 국립중앙도서관 출판시도서목록(CIP)은 서지정보유통지원시스템 홈페이지
(http://seoji.nl.go.kr)와 국가자료공동목록시스템(http://www.nl.go.kr/kolisnet)에서
이용하실 수 있습니다.(CIP제어번호: CIP2020003514)

시인동네 시인선

웃지 말라니까 글쎄

ⓒ이종문

초판 1쇄 인쇄   2020년 2월 10일

초판 1쇄 발행   2020년 2월 18일

지은이   이종문

펴낸이   고영

책임편집   서윤후

디자인   헤이존

펴낸곳   문학의전당

출판등록   제2017-000002호

주소   서울시 마포구 마포대로 11길 91, 3층

전화   02-852-1977   팩스   02-852-1978

전자우편   sbpoem@naver.com

ISBN   979-11-5896-453-5   03810